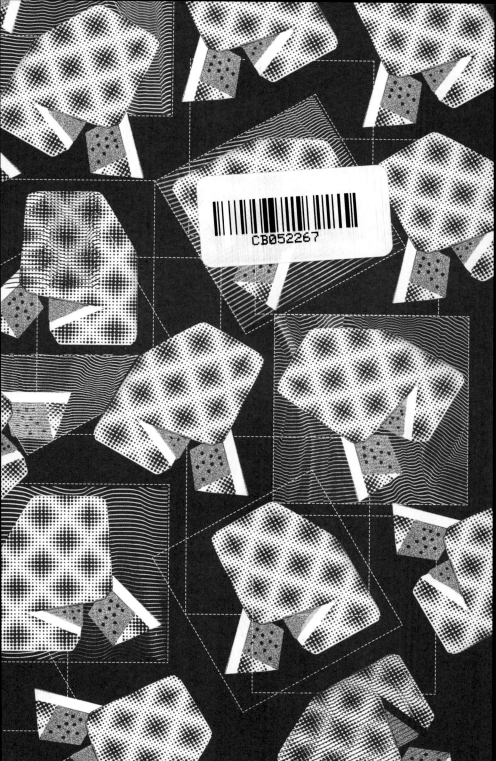

A melancia quadrada
Crônicas

© RUY CASTRO, 2015

COORDENAÇÃO EDITORIAL Maristela Petrili de Almeida Leite
EDIÇÃO DE TEXTO Marília Mendes
COORDENAÇÃO DE EDIÇÃO DE ARTE Camila Fiorenza
DIAGRAMAÇÃO Cristina Uetake, Isabela Jordani
ILUSTRAÇÃO DE CAPA E MIOLO Nik Neves
COORDENAÇÃO DE REVISÃO Elaine Cristina del Nero
REVISÃO Nair Hitomi Kayo
COORDENAÇÃO DE BUREAU Américo Jesus
PRÉ-IMPRESSÃO Rubens Mendes Rodrigues
COORDENAÇÃO DE PRODUÇÃO INDUSTRIAL Wilson Aparecido Troque
IMPRESSÃO E ACABAMENTO Corprint Gráfica e Editora Ltda.

Dados Internacionais de Catalogação na Publicação (CIP)
(Câmara Brasileira do Livro, SP, Brasil)

Castro, Ruy
    A melancia quadrada : crônicas / Ruy Castro. –
São Paulo : Moderna, 2015. – (Série Veredas)

ISBN 978-85-16-10044-5
    1. Crônicas brasileiras I. Título. II. Série.

15-02426   CDD-869.93

Índice para catálogo sistemático:
1. Crônicas : Literatura brasileira   869.93

EDITORA MODERNA LTDA.
Rua Padre Adelino, 758 - Belenzinho - São Paulo - SP - Brasil - CEP 03303-904
Vendas e Atendimento: Tel. (11) 2790-1300
www.modernaliteratura.com.br
2015
Impresso no Brasil

Para meus gatos,
Yellow e Fu Manchu

SUMÁRIO

A melancia, a perereca, os políticos e outros bichos — Heloisa Seixas, *11*

A VIDA DA GENTE

A melancia quadrada, *17*
O ovo na legalidade, *19*
Roncos, *21*
Bólido no calçadão, *23*
"Weltschmerz" na passarela, *25*
Morando com mamãe, *27*
Rip Van Winkle, *29*
Papai Noel sob mira, *31*
Escrevendo com chumbo, *33*
Notícias do dia 24, *35*
Espírito de porco, *37*
O beijo no gramado, *39*
A morte do monstro, *41*
Confete dourado, *43*

A CIÊNCIA E A TECNOLOGIA

Do T. Rex à galinha, *47*
Vida virtual, *49*
A escrita à mão, *51*
Sem mãe para deletar, *53*

Cibergugu, *55*

Caindo na vida, *57*

Sacos indestrutíveis, *59*

O Brasil impermeável, *61*

Krypton vai explodir, *63*

Instrumento do amor, *65*

OS BICHOS

Drama no brejo, *69*

Titãs extintos, *71*

O tatu ataca, *73*

Notícias que eu não tinha onde pôr, *75*

Cavalo na cozinha, *77*

Quero-quero no gramado, *79*

Gatos, *81*

Quem são os animais?, *83*

Nem todos patos, *85*

A PALAVRA

Bonito, gostoso e prático, *89*

A língua frouxa, *91*

Fala sério, *93*

Biografáveis, *95*

Bulas do terror, *97*

Nheco-nheco em ayapaneco, *99*

A melancia, a perereca, os políticos e outros bichos

Heloisa Seixas

A melancia que acabou quadrada. Uma perereca que, para procriar, precisa ser deixada em paz pelos seres humanos. Um sapinho com nome de time do coração. Um cavalo que aparece na cozinha de um apartamento no sétimo andar. Um tatu arqueólogo, um monstro feliz e um computador que está virando monstro na vida moderna.

Esses são alguns dos personagens bizarros que Ruy Castro espalha por estas páginas. Dito assim, parece engraçado — e é! Mas se engana quem pensar que este livro é só para fazer rir. Por trás dos gracejos, das curiosidades e das situações inusitadas, Ruy nos apresenta uma série de reflexões. Às vezes, quando pensamos que ele está falando de uma coisa, descobrimos que na verdade o assunto é outro. E que outro! Os finais das crônicas de Ruy são sempre surpreendentes. É quase como se ele escrevesse outra crônica dentro da crônica.

A melancia quadrada traz 39 textos publicados por Ruy Castro em sua coluna no jornal *Folha de S.Paulo*, que ele mantém desde 2007. São textos curtos, mas que não apenas contam histórias interessantes, como muitas vezes trazem uma quantidade incrível de informações. E assim ficamos sabendo, por exemplo, que no Brasil existem seis milhões de pessoas que roncam a noite inteira! Ou que os sacos de supermercado foram inventados por uma dona de casa americana chamada Margaret Knight, em 1869. Ou que foi a filha de um poeta vanguardista que trouxe para nosso país o Papai Noel de roupa vermelha e barba branca.

Ruy é danado para garimpar informações, coisa que aprendeu a fazer em seus mais de quarenta anos trabalhando como jornalista e, também, em suas pesquisas para as biografias que escreveu (Nelson Rodrigues, Garrincha, Carmen Miranda, entre outras).

A intimidade de Ruy com a palavra escrita também vem de longe, como ele próprio vai contar daqui a algumas páginas. Isso talvez explique a fluência de sua linguagem e a consequente facilidade com que lemos seus textos: é uma leitura gostosa, como se ele estivesse batendo um papo conosco. E é por isso que, às vezes, tomamos um susto quando descobrimos que estamos diante de assuntos muito sérios. Por trás de um tiranossauro, do Super-Homem ou mesmo de um mapa da cidade de Patópolis, pode estar um debate sobre o poder da ciência, a destruição do meio ambiente ou a corrupção na política. Então, vá em frente. Leia as crônicas de Ruy Castro e você mesmo vai descobrir com quantos ovos se faz uma melancia quadrada.

Heloisa Seixas é escritora e tradutora. Já publicou mais de dez livros, incluindo romances e volumes de contos ou crônicas. Entre seus livros, estão alguns dirigidos ao público jovem, como *Frenesi* (histórias de terror) e *Uma ilha chamada livro* (crônicas sobre ler, escrever e contar). Escreve também para o teatro.

A melancia quadrada

Um dia, ao guardar uma melancia na geladeira, certo agricultor japonês da ilha de Shikoku observou que ela tomava mais espaço do que precisava. Com sua forma arredondada, deixava cantos vagos que não podiam ser ocupados com nada. Além disso, a falta de estabilidade a tornava difícil de cortar. Um caso clássico de erro de design por parte da natureza.

O homem resolveu agir. Passou a cultivar melancias dentro de caixas de vidro — ao crescer, elas teriam de adotar o formato da caixa. Vinte anos e muitas gerações de melancias depois, em 2001, ele colheu as primeiras melancias quadradas. Isto é um fato. As agências internacionais até deram as fotos.

Não que as melancias quadradas fossem perfeitas. Entre outras coisas, em alguma fase do processo, perdiam a doçura e ficavam neutras como pepinos. E quem precisa de pepinos quadrados?

Ao ler aquilo, pensei que, quando um país se dá ao luxo de cultivar melancias quadradas, é porque chegou ao ápice e já resolveu todos os outros problemas. Mas o Japão, como todo país, também tem seus problemas. Depois me convenci de que, ao contrário, quanto mais problemas, mais um país deveria cultivar melancias quadradas. Enquanto seus economistas queimam pestanas para fazer o país andar, é preciso que um sonhador se debruce sobre a utopia da melancia quadrada.

O perigo é quando os economistas resolvem eles próprios partir para a melancia quadrada. Outro dia, enquanto as Bolsas desabavam pelo mundo, nosso Ministro da Fazenda dizia, feliz como água de chafariz, que o Brasil estava cheio da grana e nada nos atingiria. No fundo, estava apenas produzindo uma melancia quadrada.

Agora que os fatos o desmentiram, ele precisa explicar o tamanho do pepino.

O ovo na legalidade

É a mais completa reabilitação de um suposto criminoso na história da humanidade. O ovo — o querido ovo, o fruto da galinha (às vezes, com participação do galo como astro convidado), objeto cujo design é uma maravilha de projeto e acabamento —, volta ao círculo social depois de décadas como inimigo público nº 1.

Durante quase toda a segunda metade do século XX, médicos e cientistas dedicaram-se a acusar o ovo dos piores crimes contra o coração e a responsabilizá-lo pela elevação dos níveis de colesterol a placares de basquete americano. Quem fosse cardíaco, não chegasse perto; quem não fosse, idem, para prevenir. Às galinhas, só restava submeter-se ao holocausto reservado à sua espécie e ao opróbrio para o seu produto.

Pois, desde algum tempo, depois de pesquisas mais sérias e profundas, esses mesmos médicos e cientistas começaram a emitir sinais de que talvez tivessem sido injustos com o ovo. Até que um dia, saiu o relatório definitivo da Universidade de Surrey, na Inglaterra. Eles concluíram que o ovo não faz o menor mal à saúde. Ao contrário, é riquíssimo em nutrientes — e pode ser comido na legalidade e em qualquer quantidade. Só faltam dar-lhe a medalha de alimento do ano.

Ótimo, ótimo. Mas cabe a pergunta: e nós, que sempre fomos loucos por ovos — fritos, na manteiga, com ou sem bacon — e tivemos de nos privar deles por décadas, como ficamos? Eu, por exemplo: a uma média de três por semana, quantos ovos não deixei de comer nos últimos 30 anos? Se medido em graus de deleite, prazer ou orgasmos do paladar, a quanto não montará esse prejuízo?

Assim como certos países e regimes pediram desculpas póstumas às populações que dizimaram, a comunidade científica também nos deve um pedido de perdão — que não sei se concederei — por me privar do ovo.

Roncos

Não se sabe como eles chegam a esses números, mas calcula-se que haja no Brasil mais de seis milhões de pessoas que roncam consistentemente. Ou seja, todas as noites e a noite toda. Seis milhões de pessoas são mais ou menos a população da cidade do Rio de Janeiro. Pois imagine toda a população do Rio roncando em uníssono. Do Guaporé para baixo, incluindo a Serra do Roncador, ninguém no país conseguiria dormir.

Por sorte, esses seis milhões de roncadores estão distribuídos entre os 200 milhões e quebrados da população. Dá a média de um cidadão roncando para 30 que não sofrem do problema, mas que podem estar ao alcance sonoro do roncador.

O ronco parece ser uma consequência do estreitamento das vias aéreas do indivíduo, provocado por fatores como excesso de álcool e sedativos, dormir de barriga para cima e outros.

A ciência ainda não descobriu uma cura efetiva. Enquanto isso, as vítimas dos roncadores continuam a apelar para métodos pouco científicos, como chutes na canela ou cutiladas com o cotovelo nas costelas de seus algozes.

Segundo o noticiário, um professor de ciência da computação da Universidade de Rostock, na Alemanha, acaba de inventar um paliativo: o travesseiro computadorizado. Trata-se de um travesseiro feito de compartimentos inflados com maior ou menor pressão, ligado a um computador que se coloca na mesinha de cabeceira.

O computador "ouve" o ronco e o analisa em comparação com outros ruídos de seu banco de roncos. Define a intensidade das vibrações e, de acordo com o resultado, enche ou esvazia certos compartimentos do travesseiro, movendo com isso a cabeça e o pescoço do roncador, até achar a posição ideal de não-ronco. Se, depois disso, o cônjuge não parar de roncar, sempre se pode apelar para o chute na canela ou a cutilada nas costelas.

Bólido no calçadão

Dia sim, dia não, caminho no calçadão defronte de casa. Ordens médicas. Contando ida e volta, da estátua do Zózimo, no final do Leblon, ao Arpoador, são oito quilômetros de marcha batida. Dá para fazer em uma hora, desde que, seguindo os cânones estabelecidos por Millôr Fernandes e outros pioneiros, não se pare para falar com ninguém, nem com a Luiza Brunet, se ela estiver a fim de um papo.

Marcha batida não significa correr, como fazem alguns que passam bufando por mim na ciclovia, apostando uma corrida imaginária contra a própria barriga — a qual, por mais que eles se esfalfem, sempre chegará primeiro. Caminhar é caminhar e vice-versa, o que equivale a mais que a velocidade passeio, mas não tanto que os bofes nos saiam pela boca.

Nesse percurso Leblon-Ipanema-Leblon, metade das pessoas com quem se cruza são rapazes e moças de pele dourada, carnes indecentemente firmes e que há anos não dão um espirro. É natural que, com esse excesso de saúde em estoque, eles nos deixem longe sem ter de apressar o passo. Faz parte do jogo ser ultrapassado — e eu mesmo vivo ultrapassando engessados, artríticos e macróbios em cadeiras de rodas.

Mas o humilhante é quando sinto que, por trás de mim, à esquerda, aproxima-se e vai passar celeremente... uma babá uniformizada, empurrando um carrinho de bebê. Como ela consegue ser tão rápida? O curioso é que, depois que a babá já me superou por vários corpos e carrinhos, constato que fez isso com a maior naturalidade, apenas caminhando. Serei eu que, na ilusão de ser um bólido, estarei empatando o trânsito no calçadão?

Tive certeza disso quando, há pouco, comecei a ser ultrapassado por babás empurrando carrinhos duplos, transportando gêmeos!

"Weltschmerz" na passarela

No século XIX, um estrangeiro desceu do navio no Rio. Depois de dar uma volta pela cidade, declarou: "O brasileiro é um negro de todas as cores". A frase denotava admiração pela nossa variedade epidérmica. Queria dizer que o brasileiro, com um dedo mindinho na África, ou mesmo um pé inteiro, era resultado de uma impressionante mistura com outras etnias.

Corta para 150 anos depois. Se esse estrangeiro tivesse descido no Rio há duas semanas e ido direto para os desfiles da Fashion Rio — ou para a São Paulo Fashion Week, na semana seguinte —, sua impressão seria outra. Depois de assistir à passagem das centenas de modelos, ele diria: "A brasileira é uma mulher de 1,80 metro, loura, de pernas finas e compridas, sem bunda e sem ancas, com peitos pneumáticos e um curioso jeito de andar chutando para dentro. Seus avós se chamam Hans e Gretel".

Graças a uma certa onda de neo-arianismo na moda, as brasileiras tinham se tornado subitamente europeias. E, desprezando nossas tradições culinárias, pareciam ter aderido à cruel dieta de Auschwitz, em voga na Segunda Guerra.

Por fim, o visitante concluiria que, pela expressão de tristeza estampada nos belos rostos das moças, elas deviam estar impregnadas de "Weltschmerz" — a "dor do mundo" —, um profundo sentimento depressivo na Alemanha do século XIX, baseado na certeza filosófica de que a quantidade de felicidade no mundo será sempre inferior à de infelicidade, e que levou a inúmeros suicídios.

Por sorte, houve exceções, como as de Natalia Guimarães, no Rio, e Luiza Brunet, em São Paulo. Ali estavam duas mulheres com a mistura de cores do Brasil, as carnes e curvas nos lugares certos e saudáveis e sorridentes, sem compromisso com a angústia e o desespero filosóficos de suas colegas pernaltas.

Morando com mamãe

Custei a perceber que era uma tendência: a quantidade de rapazes de 30 anos ou mais, hoje em dia, ainda vivendo com os pais e sendo sustentados por eles — abdicando da liberdade pelos confortos e conveniências da cama, comida e roupa lavada. Foi para isso que nós, os jovens dos anos 60, fizemos duas ou três revoluções?

Nenhum garoto de 1968 trocaria a canja de galinha do Beco da Fome, em Copacabana, às 4 da manhã, pelo chocolate com biscoitos servido pela mãe às 9 da noite, depois que ela acabava de ver sua novela *O Sheik de Agadir*. Ou a aventura de morar num apê tipo micro em Botafogo — o mobiliário consistindo de uma estante de tijolos com uma ripa de madeira por cima (roubados de alguma construção vizinha) e de uma esteira de praia à guisa de cama — pelo quarto acolhedor e quentinho que ocupava desde guri no vasto apartamento dos pais.

Quem chegasse à provecta idade de 20 anos e não tivesse endereço próprio era tido como anormal — a norma era entrar para a faculdade aos 18 ou 19, arranjar um emprego e ir à vida, como até as meninas estavam fazendo. As vantagens de morar sozinho eram poder ir ao banheiro com a porta aberta, namorar a qualquer dia e hora e promover reuniões para derrubar a ditadura ou para escutar o disco novo da Nara Leão, o que viesse primeiro.

Hoje, há marmanjos de até 40 anos morando com a mãe, na Europa, nos Estados Unidos e no Brasil. Na Itália, eles são chamados de "mammoni" (filhinhos da mamãe); na Espanha, de "ni-ni" ("ni estudian, ni trabajan"); na Inglaterra, de "kidults" ("kids", crianças, com adultos). Eles se defendem: formaram-se, gostariam de trabalhar, mas o mercado é cruel, não consegue assimilá-los, são desempregados crônicos e não têm como pagar aluguel, comprar um imóvel nem pensar.

E — poderiam acrescentar — ninguém cozinha como a mamãe.

Rip Van Winkle

Em meados do século XVIII, um homem chamado Rip Van Winkle cochilou à sombra de uma árvore e dormiu 20 anos. Quando acordou, seu país deixara de ser uma colônia inglesa. Tornara-se uma república independente e, em vez do rei George III, celebrava George Washington. O autor dessa história, subtraída dos irmãos Grimm, foi o americano Washington Irving, em 1819.

Pois hoje temos um Rip Van Winkle de verdade: o ferroviário polonês Jan Grzebski, que entrou em coma em 1988, passou os 19 anos seguintes apagado e voltou à tona. Ao acordar, Grzebski descobriu que a Polônia deixara de ser um apêndice soviético, que a URSS se esfacelara e que o muro de Berlim fora vendido em caquinhos para os turistas. Mas houve mais novidades com as quais Grzebski (pronuncia-se Grzebski) teve de se acostumar.

Ele ficou espantado com o fato de que os últimos homens ainda a fim de se casar no papel fossem os padres. Que, pela força dos respectivos *lobbies*, tinha-se a impressão de que as pessoas seriam proibidas de fumar cigarros convencionais, e obrigadas a fumar maconha. E que bilhões de pessoas que nunca tinham encostado um dedo numa máquina de escrever haviam decorado de primeira o teclado do computador.

Da mesma forma, custou a aceitar que a música abolira a melodia e a harmonia, passando a usar apenas o ritmo ou a letra. Que o cinema americano tornara-se impróprio para maiores de 13 anos. E que as crianças substituíram a cartilha pelo *video game*.

Ele também não acreditou que a China estava a ponto de se transformar no maior país capitalista do mundo. Que a direita brasileira inventara uma maneira infalível de continuar no poder: elegendo presidentes de esquerda. E que palavras outrora autônomas como ética, fisiologismo e descaramento passaram a significar uma coisa só.

Papai Noel sob mira

A cena se passa em São Luís do Maranhão, por volta de 1890. Ao fim da ceia de Natal, os parentes e convidados de uma família se reúnem na sala para trocar presentes, cantar hinos e dar umas cachimbadas. Ao longe, bimbalham sinos. De repente, um homem gordo, de barbas brancas, roupa e gorro vermelho com barras também brancas, botas e cinto pretos e um grande saco às costas irrompe sem aviso pela janela.

Pânico, pavor, palpitações. Num átimo, os homens se põem de pé, sacam os trabucos e os apontam para o intruso, rendendo-o num canto da sala. Mas uma das mulheres se põe corajosamente entre ele e as armas, dizendo: "Não o matem! É o Papai Noel! Eu o contratei!".

A mulher é a jovem professora Maria Barbara de Andrade, dona de um colégio local e filha de nada menos que o discutido poeta maranhense Sousândrade — Joaquim de Sousa Andrade —, autor do poema *O inferno de Wall Street*. Com o Papai Noel sob mira, Maria Barbara explica que, tendo sido criada em Nova York, quando seu pai foi morar lá, em 1871, habituara-se a ver o velhinho na versão do ilustrador e caricaturista Thomas Nast, no tabloide *Harper's Weekly*.

Até 1863, nos Estados Unidos, Papai Noel era alto, magro, ranzinza e se vestia de bispo católico. Nast, que era rechonchudo e anticlerical, redesenhou-o à sua imagem e acrescentou-lhe a roupa vermelha e o bom humor. Daquele ano até 1890, inundou *Harper's* e outras publicações com seu simpático Papai Noel e fixou aquela imagem no coração de milhares de crianças americanas, inclusive a brasileira Maria Barbara.

Os homens abaixaram as armas, abraçaram o Papai Noel e lhe serviram vinho. Donde, quem sabe, Maria Barbara pode ter sido a introdutora do moderno Papai Noel no Brasil. Mas sua façanha nunca ficou estabelecida e é natural que, cento e tantos anos depois, muita gente ainda acredite que quem fez isso foi aquele refrigerante horrível que todo mundo se habituou a tomar.

Escrevendo com chumbo

Numa quarta-feira, em Omaha, Nebraska, EUA, o garoto Robert Hawkins, 18 anos, com problemas na família, na escola e na polícia, foi despedido do McDonald's onde trabalhava, acusado de furtar 17 dólares, e ainda levou um chute da namorada. Em meio a seu inferno íntimo, escreveu um bilhete: "Sei que sou um merda. Mas, agora, vou ficar famoso". Pegou seu fuzil, entrou num shopping, matou oito pessoas e se matou.

Robert ficou famoso — por três dias. No sábado e no domingo seguintes, não um, mas dois atiradores isolados, ambos no Estado do Colorado, também abriram fogo contra inocentes, abatendo um total de quatro pessoas e ferindo outras tantas. Roubaram o seu show.

Pode-se dizer que o garoto de Nebraska, sozinho, matou o dobro que os dois juntos e, por isso, deveria ficar por mais tempo no noticiário.

Que nada. A essa altura, já quase ninguém se lembra de seu nome. Até o fim do ano, terá sido reduzido a um número, e seu atentado não passará de uma estatística na violência americana. Os dois atiradores que o sucederam terão o mesmo destino. Só as vítimas continuarão a ser lembradas, e com que dor.

Quero crer que a motivação principal de Robert não era a de "ficar famoso" — e, se foi, ele seria só mais uma vítima dessa cretina cultura de celebritismo que nos assola. Prefiro achar que, como a maioria dos jovens que disparam contra grupos e depois se matam, ele quisesse apenas se expressar.

Notícias do dia 24

Como todo mundo de imprensa na minha geração, peguei o tempo em que nenhum jornal saía nos dias 25 de dezembro e 1º de janeiro. A ideia era a de que os jornalistas precisavam descansar e os leitores, também.

O que não quer dizer que os fatos não continuassem acontecendo. Mas havia nas redações uma sensação de que, na véspera de Natal ou na última noite do ano, nada justificava plantões ou edições extras — porque nada acontecia de importante. No Rio, pelo menos, nenhum Papai Noel ficaria entalado na chaminé. O *réveillon* de Copacabana ainda era coisa de alguns milhares de pessoas, não milhões. E a única dúvida que nos preocupava era se iria ou não dar praia no dia seguinte.

O que de bom ou de ruim que rolasse no dia 24, os jornais só publicariam no dia 26. Mas, a provar que o 24 de dezembro nunca foi de todo desprezível em matéria de notícia, eis algumas amostras do que já aconteceu nele.

Nesse dia, em 1851, a Biblioteca do Congresso dos EUA, em Washington, queimou inteira (e, claro, foi integralmente refeita). Em outro 24 de dezembro, só que de 1865, quem também botou as primeiras tochas para arder foi a Ku Klux Klan, no Tennessee. E, nessa mesma data, em 1888, em Arles, França, o trágico Van Gogh, num surto, pegou a navalha e tirou o famoso bife de sua própria orelha esquerda.

Também no dia 24 de dezembro, em 1907, o pessoal da Ópera de Paris lacrou duas urnas com 24 discos dos grandes cantores daquele tempo, um deles, Enrico Caruso, cantando de Bizet a Rossini, e guardou-as para que, abertas dali a 100 anos, em 2007, se ouvisse a "música da época". Passaram-se os 100 anos, o prazo venceu e, naquele dia xis de 2007, elas vieram à luz.

Mas houve um problema. Não com os discos, porque, por mais primitivos que fossem, era fácil encontrar o equipamento para tocá-los. O problema estava nas urnas. Tinham sido envoltas com cintas de amianto, material altamente cancerígeno. O homem conseguiu botar a morte entre ele e a música.

Espírito de porco

Nas discussões sobre a guerra contra os traficantes, há uma ideia sobre a qual todos parecem concordar e ninguém discute: é preciso liberar as drogas. Sem o tráfico, acaba o traficante — garantem em uníssono.

Será? Parece boa ideia, mas sempre haverá um espírito de porco — eu, por exemplo — para perguntar: que drogas seriam liberadas? Se for apenas a maconha, não se pode garantir que o dito traficante tenha de se aposentar — porque sempre lhe sobrarão as outras drogas com as quais ele já trabalha: cocaína, crack, ácido, ecstasy e demais substâncias de grande procura entre os jovens. Aliás, se a maconha for liberada, é certo que o grosso da demanda se voltará para essas atrações.

Em vez disso, vamos supor que, ao contrário, haja uma liberação geral e, com uma penada, todas as drogas fiquem dentro da lei. Seguindo o mesmo raciocínio dos que são a favor da liberação da maconha, aí, sim, nossos traficantes se verão com um problema. Terão de mudar de ramo, talvez drasticamente. Alguns abandonarão suas bocas de fumo no Alemão e terão de vender pipoca na porta dos cinemas do Leblon. Outros, egressos da Maré, talvez se dediquem a vender CDs piratas no Mercadão de Madureira. E o que farão com seus tremendos arsenais de armas, munição, carregadores? Sendo certo que abandonarão a vida de crimes, só lhes restará vender seus fuzis e granadas de volta para a PM ou para o Exército, quem sabe com prejuízo.

A ideia de que, legalizado um produto, o tráfico perde a razão de ser, é boa na teoria. Mas há uma pergunta que não quer calar: se quase todo o comércio careta é legalizado, por que não se consegue acabar com o camelô?

O beijo no gramado

A cena se repete em todos os jogos de futebol que contam com uma bandeirinha — não com um bandeirinha. Jogada a moeda para o alto, e pouco antes de ser dada a saída, o juiz beija a bandeirinha, o outro bandeirinha beija a bandeirinha e o quarto árbitro também beija a bandeirinha. Ato contínuo, os dois capitães beijam a bandeirinha, o representante da federação igualmente beija a bandeirinha e a torcida terá sorte se os gandulas, o chefe do policiamento e os repórteres de campo também não beijarem a bandeirinha.

Os beijos são na face, lógico, e significam apenas votos de boa sorte. Mas muitas bandeirinhas são bonitas, e aquele uniforme curtinho lhes cai muito bem. Antes delas, milhares de bandeirinhas do sexo masculino, feios e de pernas finas e arqueadas, também já precisaram de votos de boa sorte e nunca foram beijados pelo árbitro ou por ninguém.

Há tempos, no Maracanã, aos 4 minutos do segundo tempo de um reles Botafogo x Cabofriense, Cléberson, beque do time de Cabo Frio, chuteira 44 e quase dois metros de altura, discordou da marcação de uma falta contra o seu time pelo juiz Ubiraci Damásio. E, para deixar claro que estava sendo irônico, aplicou um beijo no rosto do árbitro. A televisão mostrou. Num primeiro momento, Sua Senhoria, tomada de surpresa, até pareceu afagar a careca do zagueiro. De repente, deu-se conta de sua autoridade civil. Exclamou: "Hei, você não pode me beijar!" — e aplicou-lhe o cartão amarelo.

Que todos queiram beijar as bandeirinhas, é normal. Mas que um beijo, por mais inocente, tenha surgido naquela zona do gramado onde o pau canta e a virilidade campeia, pareceu-me um momento de humanização do futebol. Pena que o juiz não tenha entendido assim. Em minha opinião, ao se ver beijado, ele deveria ter retribuído o beijo e oferecido a outra face.

A morte do monstro

Morreu outro dia, aos 82 anos, em Honolulu, no Havaí, o ator americano Ben Chapman. Não era famoso. Sua carreira resumiu-se a um filme, em que ele fazia o papel-título: *O monstro da Lagoa Negra*, de 1954.

Chapman passava o filme todo dentro da fantasia do monstro — uma roupa de borracha inteiriça coberta de escamas e algas, encimada por uma cabeça de peixe ou lagarto, com lábios grossos e olhos esbugalhados. Seu rosto não era visto em nenhum momento. Os olhos eram da máscara, não dele, e ele não tinha uma única fala no filme.

Além disso, era o monstro apenas em terra firme. Nas sequências debaixo d'água, em que se vê o bicho nadando (às vezes, por quatro minutos, sem cortes e sem fazer bolhas), o ator era um campeão de mergulho, Ricou Browning. Ou seja: dos 79 minutos do filme, somando-se suas aparições, Chapman ficou em cena por, no máximo, 15. Mas seu porte fez do monstro um dos mais elegantes do cinema.

Por algum motivo, *O monstro da Lagoa Negra* se tornou um clássico do cinema. É o filme que Marilyn Monroe acabou de assistir em *O pecado mora ao lado*, pouco antes de o vento do metrô levantar-lhe o vestido. Marilyn até comenta que achou o monstro "uma gracinha". E ele era mesmo: estava quieto no seu canto no fundo do rio (por sinal, um afluente do Amazonas) havia 150 milhões de anos, e os homens é que foram lá perturbá-lo.

O filme teve duas continuações, de que Chapman não participou. Nem precisava. Pelos muitos e muitos anos seguintes, até outro dia, viveu de aparições pessoais em eventos ao redor de piscinas, assinando autógrafos e posando para fotos com a fantasia do monstro. Seus 15 minutos de fama duraram uma vida inteira. Nem há registro de que, algum dia, tenha tido crise de personalidade — quem sabe ele não gostaria de, um dia, ter interpretado Shakespeare?

Ao contrário: assumiu-se como o monstro da Lagoa Negra, nunca quis ser outra coisa e foi feliz para sempre.

Confete dourado

Entre vários lotes fascinantes, o catálogo do leilão de colecionismo oferecia uma caixinha contendo "confete dourado do Carnaval carioca de 1919". Era o que eu queria. Primeiro, pelo confete dourado — nunca tinha visto. Segundo, pelo Carnaval de 1919, sobre o qual Nelson Rodrigues escreveu crônicas memoráveis.

Foi o Carnaval seguinte à "Espanhola", a gripe trazida aos portos brasileiros em 1918 pelos navios vindos da Europa — dizia-se que a causa eram os mortos insepultos na recém-finda Grande Guerra — e que, apenas no Rio, em 15 dias de outubro, matou 15 mil pessoas numa população de 1,2 milhão de habitantes. Quando a gripe foi embora, a cidade, aos poucos, voltou às ruas e, quatro meses depois, entregou-se perdidamente ao Carnaval — ninguém sabia se haveria outro.

Nelson contou que, ali, aos sete anos, num buquê de mulheres pintadas e em carro aberto, ele viu uma odalisca loura e de umbigo de fora. Imaginei a odalisca de Nelson atirando e recebendo no rosto aqueles confetes dourados. Dei um lance por telefone e, dias depois, recebi a caixinha que havia arrematado.

Os confetes eram as rodelinhas de sempre, só que em papel laminado, amarelo. Se vieram do Carnaval de 1919, tenho de confiar no leiloeiro, o qual reproduziu as informações que lhe foram dadas pelo proprietário original do confete. Mas quem mentiria para ele de forma tão específica?

Mais intrigante, para mim, era o que estava escrito no lado de dentro da tampa, com aquela caligrafia, ortografia e tinta típicas do passado: "Estes confetes Angelo me deu n'um Carnaval quando éramos noivos. Sylvia. Rezem por nós".

É lindo, não? Mas o que me esmagou foi o "Rezem por nós". Como se Sylvia pedisse proteção (para ela e para Angelo) por pecados talvez cometidos naquele Carnaval de 1919 e que poderiam condená-los a um terrível destino.

Pensando bem sobre...

A ciência e a tecnologia

Do T. Rex à galinha

Quem veio primeiro, o dinossauro ou a galinha? Essa dúvida, que por décadas perseguiu a mim e aos cientistas de verdade, acaba de ser respondida. O dinossauro veio primeiro. Donde a galinha foi vice — talvez com alguns milhões de anos de atraso em relação ao dino, mas essa diferença era insignificante naquele tempo. Se, hoje, essa descoberta lhe parece óbvia, parabéns. Para mim e para os pesquisadores que só agora chegaram a ela, não era.

Ganha o moto-rádio, portanto, o dinossauro. Mas não qualquer dinossauro. Só o *Tyranossaurus rex*, ou, na intimidade, T. Rex. O último número da revista *Science* relatou que o colágeno, uma proteína óssea extraída do fêmur de um tiranossauro que viveu há 68 milhões de anos nos Estados Unidos, "reagiu" ao colágeno de uma galinha recém-abatida. Complicado? Não. Significa apenas que o T. Rex, queira ou não, está muito mais para uma galinha do que para os outros répteis de seu tempo. E que as galinhas, mesmo as nascidas em granjas, tiveram tremendos bisavós terópodes, que formam o grupo dos tiranossauros.

Muito bem. Que a dita dúvida me perseguisse, era normal — passei o ginásio mais interessado nas pernas da professora de biologia do que no que ela ensinava. Mas que havia um parentesco entre eles, nunca tive dúvida. Um tiranossauro no seu apogeu lembra uma galinha gigante depenada: o mesmo corpo bojudo, as mesmas pernas fortes (os pés são iguais) e os mesmos dianteiros inúteis — os do tiranossauro, dois bracinhos ridículos; os da galinha, duas asas que não lhe servem de nada. O formidável rabo do T. Rex reduziu-se ao, com todo respeito, sobrecu da galinha. E a cabeça continuou sem espaço para o cérebro.

Se isso lhe servir de consolo, o T. Rex morreu em combate, não numa panela. E era mais bonito.

Vida virtual

Pesquisa divulgada há algum tempo revelou que, num determinado mês de julho, o internauta brasileiro passara 23 horas e 30 minutos "navegando" na internet. Essa marca era uma hora e três minutos maior que a de junho, que, por sua vez, era quase uma hora maior que a de maio, e assim por diante. Ou seja, de 30 em 30 dias, o brasileiro ficava mais tempo ligado à rede.

Significa também que, a cada 30 dias, o brasileiro já estava passando quase um dia inteiro com os olhos na telinha, os dedos no *mouse* ou no teclado, as pernas criando varizes, a coluna indo para o beleléu e o cérebro mais na virtual que na real.

Apenas por comparação, as 23 horas e 30 minutos mensais do brasileiro deixavam longe as 19 horas e 52 minutos do americano, as 18 horas e 41 minutos do japonês e as 18 horas e

7 minutos do alemão. Das duas, uma: ou os americanos, japoneses e alemães têm mais o que fazer, ou nossa apaixonada adesão à internet fará com que, em pouco tempo, os superemos em tecnologia, pesquisa, jornalismo, *download* e compras, que compõem a internet para adultos. E aí, sim, vamos ver quem tem mais garrafa vazia para vender.

Enquanto esse dia não chega, já podemos pelo menos observar algumas conquistas da internet entre nós. Por causa da internet, diz outra pesquisa, o jovem brasileiro tem deixado de praticar esportes, dormir, ler livros, sair com os amigos, ir ao cinema ou ao teatro e estudar. E, com certeza, está deixando também de praticar outros itens não contemplados pela pesquisa, como namorar, ir à praia ou ao futebol, visitar a avó, conversar fiado ao telefone e flanar pelas ruas chutando tampinhas.

Admito que muitas dessas atividades possam ser substituídas com vantagem pelas horas que o brasileiro passa na internet. Mas flanar chutando tampinhas, não.

A escrita à mão

Não sei em que dia caiu, mas houve um momento na pré-história em que o homem, com um só gesto, avançou duas casas na escala evolutiva. Foi quando ele se pôs de pé e começou a garatujar com carvão na parede da caverna. Isto o separou dos outros animais, que continuaram ágrafos e de quatro.

De certa forma, esse gesto se repetiria nos bilhões de crianças que, desde então, fariam o mesmo na parede da sala, só que usando um lápis. Pois a matéria de Talita Bedinelli há algumas semanas na *Folha de S.Paulo* me alertou para algo em que eu não tinha pensado: até quando nossas crianças, com suas mochilas equipadas com *notebooks*, celulares e toda espécie de badulaques eletrônicos, continuarão escrevendo... à mão?

A ideia de que tal prática seja abolida do cardápio de funções humanas é de assustar — mas, pela primeira vez, palpável. De fato, com um *notebook* sempre disponível, para que perder tempo e espaço com cadernos, esferográficas, lápis, borrachas e, pior ainda, com dicionários, gramáticas e livros de texto?

Ou talvez não haja motivo para preocupação. Eu próprio, em tenra idade, comecei a escrever à máquina quase ao mesmo tempo em que à mão. Isso não me livrou de usar caneta-tinteiro, mata-borrão, apontador de lápis, tabuada, régua e outros apetrechos então obrigatórios na vida escolar. Mas só porque eu não podia levar a máquina de escrever para a sala de aula.

A história da escrita tem passagens lindas. Uma delas, narrada a mim por uma amiga, conta como, por volta de 1855, os barqueiros que singravam o Sena de madrugada, nos arredores de Rouen, se guiavam por uma luz de vela que, noite após noite, durante seis anos, saía da janela de uma casinha à margem do rio. Eles não podiam saber, mas aquela vela iluminava Flaubert, escrevendo — à mão, claro — *Madame Bovary*.

Sem mãe para deletar

Quando saio ao terraço, vejo o garoto pela janela do prédio em frente, a partir de duas da tarde. Tem cerca de 10 anos e passa o dia sentado em seu quarto, diante da televisão, e sempre num desenho animado. A diferença é que seu rosto fica a três palmos da tela, e esta é daquelas com mais de 50 polegadas. Ninguém assiste de tão perto a uma TV dessas.

Mas ele não está vendo TV. Está no computador — o teclado e o monitor ficam bem debaixo da supertela. A cena se repete pelo resto do dia e invade a noite e a madrugada. Quando eu próprio acho que é hora de dormir e saio apagando as luzes do meu apartamento, deixo-o lá, acordadíssimo, digitando sob um Pernalonga gigante.

Assim como eu, ele mora na quadra da praia, a qual não é dos piores endereços do mundo. Vem gente de longe para conhecer o

Leblon. Nesta semana, tivemos uma ressaca que atirou areia na pista, cobriu boa parte do calçadão e fez a delícia dos surfistas. Foi um espetáculo bonito. Aposto que o garoto não desceu para apreciá-lo.

Corre na televisão um comercial de outro menino sentado ao computador, sendo admoestado pela mãe: "Larga essa internet, Pedro Henrique!", ou coisa que o valha. Pedro Henrique, de frente para a câmera e de costas para a mãe, faz todas as caras de aporrinhação e tédio. A mãe não tem esse direito, ele pensa.

De repente, ele perde a paciência. Digita alguns controles e, ploft, "deleta" a mãe. Era o que faltava para a sua felicidade: livrar-se daquela chata. A internet agora é só dele — ou ele, dela.

Meu jovem vizinho aqui no Leblon é mais feliz: não precisa deletar a mãe. Nunca vi um adulto no apartamento. E, se houver, nunca foi a seu quarto mandá-lo largar o teclado e ir fazer qualquer outra coisa. Mas tanto faz se há ou não esse adulto. O guri mora sozinho.

Cibergugu

Uma de minhas filhas, matriculada numa escola moderna e "alternativa", no Rio, em 1977, chegou aos seis anos sem ter aprendido a ler, e não por qualquer deficiência pessoal. Em compensação, conseguia subir em árvores como um mico e, idem, não por uma particular aptidão atlética. Era o estilo da escola: pouco bê-á-bá e muita liberdade para brincar. Na verdade, o dia de aula era um grande recreio.

Para mim, havia algo de errado naquilo. Escravo das palavras desde tenra idade, tendo aprendido a ler e a escrever sozinho e, aos cinco anos, de pernas cruzadas e calças curtas, já lendo o *Correio da Manhã*, achava inconcebível que uma filha minha, em idade tão avançada, ainda não conseguisse ler nem *Luluzinha*. Mas esta era a proposta da escola: valorizar, pelo máximo de tempo, a vida natural da criança, antes que ela se deixasse fisgar para sempre pelo mundo verbal. Compreendi.

Hoje é o contrário. Em escolas de São Paulo, bebês de dois anos, recém-saídos do gugu-dadá e mal entrados no mini-maternal, sentam-se ao computador e produzem desenhos de ursinhos, bolinhas e florzinhas digitais. Imagino que, aos três anos, estarão compondo óperas-rock por um programa criado por eles próprios e, aos quatro, irão propor ao mundo um sistema de busca que engolirá o Google: o Gugugle.

Alguns educadores mais severos do Rio e de São Paulo alertam para os riscos dessa precocidade. As crianças precisam brincar com coisas simples, dizem eles, para desenvolver a observação, o aprendizado, a imaginação e até a coordenação motora. A telinha do *smartphone* faz mal à vista, principalmente para quem ainda não tem os órgãos de visão formados. Sem contar que horas diante do aparelho criarão uma geração de inermes e balofos.

Que nunca aprenderão a subir em árvores.

Caindo na vida

Há tempos escrevi sobre um menino de 11 ou 12 anos ["Sem mãe para deletar"], vizinho do prédio em frente, que eu observava pela janela, noite após noite, madrugada adentro, com seu nariz colado à TV de 50 polegadas e ao computador. No texto, eu dizia que nunca vira um adulto no apartamento, mas corrijo: às vezes aparecia uma senhora de uniforme. E talvez o garoto fosse um pouco mais velho, com seus 13 ou 14 anos.

No artigo, eu lamentava que um garoto desperdiçasse sua adolescência carioca queimando noites acoplado a um *mouse* e dormindo durante o dia. Se ele morasse em Assunção, Genebra ou Filadélfia, seria normal. Mas, no Rio, com tantos e constantes apelos da rua, era incompreensível.

Pois tenho o prazer de informar que ele parece ter saído à rua. Pelo menos, não o vejo mais. A TV e o computador continuam lá, mas apagados e abandonados. O quarto vive agora às escuras, exceto pela senhora de uniforme que, toda noite, ali pelas 11, acende um discreto abajur, talvez para quando ele voltar, sabe-se a que horas. Imagino que, de repente com seus 15 ou 16 anos, o guri tenha descoberto lazeres e prazeres fora da vida digital.

Imagino-o em ação nas excitantes gafieiras da Lapa ou da Gamboa, flanando pela nova praça da Bandeira ou azarando em *points* clássicos da noite carioca, como Santa Teresa, as ruas Dias Ferreira e Farme de Amoedo ou os Baixos Gávea e Bernadotte. Sim, ele é *de menor*, mas quem disse que isso é um problema no Brasil? E posso vê-lo também, de manhã cedo, voando de asa delta, parapente e kite-surf, ou atento ao vento sudoeste para tirar a prancha de trás da porta e enfrentar as ondas do final do Leblon, da praia da Macumba ou do Arpoador.

Não sei se o garoto está mesmo fazendo tudo isto. Mas tudo indica que se livrou daquela massacrante ditadura virtual e — bronzeado, feliz e saudável — caiu na vida. Na vida real, digo.

Sacos indestrutíveis

A humanidade deve muito a uma dona de casa americana chamada Margaret Knight. Em 1869, ela resolveu um problema que a aborrecia toda vez que voltava do mercadinho. Ao descansar o saco de ovos em cima da pia, eles carambolavam uns sobre os outros, quebravam-se e faziam uma lambança sobre o tampo de mármore. E tudo porque, segundo um conceito categórico e eterno, os sacos vazios não param em pé.

Margaret decidiu criar um saco que, mesmo vazio, parasse em pé. Com isso, não só derrotaria aquele fatalismo filosófico, como seus ovos deixariam de carambolar. Assim, com a simples inserção de uma folha de cartolina no fundo do saco, inventou o saco de fundo chato. O saco ficou em pé, os ovos se acomodaram com perfeição e, graças a Margaret, as donas de casa levaram os 100 anos seguintes felizes da vida com seus belos sacos de papel pardo, que passaram a servir para transportar tudo, inclusive ovos.

Até que, a partir de 1970, os sacos plásticos substituíram os de papel e, além de não parar em pé, soterraram o planeta com sua vulgaridade, feiúra e indestrutibilidade. Julgando-os "descartáveis", só há pouco descobrimos que cada um levará cerca de 500 anos na natureza até ser absorvido por ela — se um dia o for.

Apenas no Estado do Rio circulam um bilhão de sacos plásticos por ano. Nosso egoísmo e inconsciência fazem com que esse — literalmente — lixo intoxique nossos mares, rios, parques, matas e trilhas. Um dia, seremos cobrados por que não tomamos providências a respeito.

Margaret querida, onde está você? Quem se inspirará no seu exemplo e reinventará o saco de papel, de fundo chato, que não apenas para em pé como faz parte da natureza e, uma vez usado, se reintegra lindamente a ela, como um dia acontecerá também conosco?

O Brasil impermeável

Em 1500 e poucos, quando chegaram por aqui e conheceram os tupinambás, os portugueses se impressionaram com a voz macia dos guerreiros e com a beleza de suas mulheres. Eu sei, isso parece receita de bossa nova, mas está na história do Brasil. Tais qualidades, dizia-se, eram provocadas pelas águas claras e leves do rio Carioca, que os indígenas bebiam e onde se banhavam.

O rio Carioca nascia no Corcovado, descia quebrando pelas encostas e, depois de se espalhar pelos futuros Cosme Velho, Laranjeiras, Catete e Glória, desaguava na praia do Flamengo. Com o tempo, vieram a ocupação do solo, a cidade, a poluição e, depois de séculos engolindo lixo humano e industrial, o rio Carioca, já quase à morte, foi canalizado. Hoje restam poucos trechos a céu aberto, e a maioria dos cariocas nunca molhou um dedo em suas águas.

Vida que segue e, principalmente durante os furores desenvolvimentistas de Juscelino Kubitschek e do "milagre econômico" da ditadura, canalizamos inúmeros rios urbanos, trocamos os últimos paralelepípedos por asfalto, derrubamos árvores para plantar concreto e cimentamos parques, terreiros e quintais. Enfim, impermeabilizamos o Brasil.

As cidades ficaram reféns dos automóveis. A ideia de salvar um rio, pôr abaixo um viaduto ou trocar uma marginal por um jardim — quando alguém se atreve a tê-la —, é tida como crime de lesa-trânsito. É normal: entre o carro e o cidadão, os governos sempre ficaram com o carro. Mas a natureza tem suas leis e, de tempos em tempos, convoca os deuses da chuva. Sem ter para onde ir, as águas se voltam contra nós.

Os tupinambás tiveram sorte: foram dizimados muito antes que o rio Carioca entrasse pelo cano. Já a nossa agonia será mais longa. Podemos nos afogar nas mesmas águas que sonegamos ao Brasil quando decidimos asfixiá-lo.

Krypton vai explodir

Qualquer criança de peito sabe como surgiu o Super-Homem, mas não custa relembrar. Krypton, um planeta para lá de Bagdá no sistema solar, começou de repente a esquentar. Um cientista, Jor-El, tentou alertar seus pares para o risco de uma iminente explosão. Mas os sábios, tolos e soberbos, não o escutaram.

Então Jor-El construiu um foguete onde depositou seu filho recém-nascido, Kal-El, e mandou-o para o espaço, para que se salvasse e reconstruísse a avançada civilização de Krypton em outro lugar. Como Kal-El iria fazer isto sem uma parceira e por que Jor-El escolheu logo a Terra, só os entendidos podem explicar. O fato é que, enquanto Krypton explodia lá atrás, o foguete com Kal-El viajou de mansinho rumo à Terra — e o resto é história.

A saga do Super-Homem foi criada por dois jovens, Jerry Siegel e Joe Shuster, em 1938.

Na época, havia fumaça de guerra na Europa, mas ninguém diria que o mundo estava em perigo de acabar. Tantos anos depois, e sem nenhuma guerra mundial à vista, a Terra pode acabar como Krypton — não com uma explosão, mas como um ovo que, estalado em água fervente para ficar pochê, passou, e muito, do ponto.

Com o aquecimento global, as geleiras vão derreter, encher os mares e inundar as cidades. Estas, por sua vez, conhecerão temperaturas insuportáveis, assim como o campo, cujas terras férteis se tornarão desérticas. Espécies animais e vegetais se extinguirão. Preveem-se incêndios terríveis. A fome sobrevirá e, com ela, doenças como a malária e a febre amarela atingirão a Europa. O Primeiro Mundo será rebaixado a Terceiro e o Terceiro, a Quinto. E isso é para daqui a pouco, quase já.

Falta-nos um Jor-El para mandar um bebê para o espaço, a fim de reconstruir a Terra em outro lugar. Mas, sinceramente, não sei se esta será uma boa ideia.

Instrumento do amor

Outro dia, na Ponte Aérea, fui parado no raio X do aeroporto Santos Dumont por estar "portando" um cortador de unhas. A senhora da esteira não perdoou: ou eu voltava ao balcão e despachava o instrumento pontiagudo ou teria de despejá-lo numa caixa destinada a objetos proibidos de entrar em aviões. Para não perder o voo, preferi me desfazer dele. E olhe que era um trim de estimação.

Pois, na sexta última, voltou a acontecer, só que em Congonhas. Desta vez, o objeto que eu "portava" era uma caixa de madeira de 36 × 39 cm, contendo um motor, dois pequenos alto-falantes, um prato giratório, uma haste equipada com um micro-estilete de diamante, um pino central e várias roldanas e polias. Além de botões de liga-desliga — próprios, talvez, para disparos automáticos —, inclusive um chamado de "automático".

Ao ver a caranguejola — tão bem embalada por meus amigos Mercia e Mario Gabbay, que tinham me presenteado com ela —, as duas jovens do raio X fizeram a esteira ir e voltar enquanto discutiam a finalidade do objeto. O qual poderia ser tudo, desde um instrumento de tortura até uma bomba-relógio ou uma máquina para fins imorais.

Então, perguntaram-me o que era. Respondi: "É um toca-discos Philips, modelo 243, de fabricação alemã. Tem amplificação própria, seu prato gira a 33, 45 e 78 r.p.m., e é equipado com uma cápsula contendo uma agulha para discos de vinilite e outra para discos de cera de carnaúba e guta-percha".

As moças nem piscaram. Insisti: "Eu sei, parece arma de terrorista. Mas é um instrumento do amor. Os pais de vocês já namoraram muito ao som desse equipamento".

Ao ouvir a palavra equipamento, elas respiraram e soltaram a esteira, liberando meu subversivo toca-discos. No qual, desde sábado tenho tocado 78s de Stan Kenton, Lionel Hampton e Spike Jones, fazendo o maior barulho a horas mortas.

Drama no brejo

Aqui-del-rei! Uma legítima brasileirinha, cidadã da Mata Atlântica e com tanto direito à vida quanto eu e você, pede socorro. Na verdade, com muito mais direito, porque não estamos em risco de extinção. E ela está.

Trata-se da "Physalaemus soaresi", uma perereca de 2 cm de comprimento, que ninguém encontrará neste planeta exceto na Floresta Nacional Mario Xavier, em Seropédica (RJ), entre a rodovia Presidente Dutra e a antiga Rio-São Paulo. De repente, essas pererequinhas — os últimos indivíduos da sua espécie — se viram bem no caminho dos tratores, escavadeiras e caminhões escalados pelo PAC para construir o Arco Metropolitano, a super-obra do Estado do Rio.

Não que as pererecas tenham se colocado ali. Os monstros a motor é que se meteram pelo santuário e se espantaram ao saber que havia vida sob seus pneus, rolos e lagartas. Neste momento, graças à administração da Floresta, a "soaresi" goza de relativa proteção porque está em período de reprodução — o chamado "canto nupcial", que vai até fevereiro. Mas, e depois?

O ministério do Meio Ambiente propõe manter o hábitat da perereca isolado do canteiro de obras com placas de ferro. Mas alguns biólogos já advertiram que o barulho dos tratores não deixará ninguém sossegado no brejo. E por que o Arco precisa passar exatamente no meio da floresta, que tem 4,9 milhões de metros quadrados?

A vida de uma perereca vale pouco no Brasil. Há tempos, só a dedicação de uma bióloga ajudou a salvar o sapinho "Melanophryniscus moreirae" no Parque Nacional do Itatiaia. Hoje, chamado de "Flamenguinho" (por suas cores vermelha e preta), ele se tornou o símbolo oficial do parque. Tenho o orgulho de dizer que essa bióloga era minha filha Pilar.

Neste momento, para alguns, a "soaresi" é apenas um estorvo ao "progresso". Amanhã, pode ajudar a desentupir as artérias de quem já pensou assim.

Titãs extintos

Cortes de terra para obras de infraestrutura em municípios de São Paulo, Paraná e Rio Grande do Sul estão revelando redes de tocas que podem ter sido escavadas por tatus gigantes há 400 mil anos. Esses supertatus — gliptodontes, para os cientistas — eram do tamanho de fuscas, e seus cascos os transformavam em verdadeiros tanques. Com toda essa exuberância, extinguiram-se.

Um fóssil de urso achado em La Plata, Argentina, e apresentado há pouco num simpósio de paleontologia no Rio, insinua que o bicho, um cidadão de 700 mil anos atrás, tinha 3,5 m de altura e pesava 1,5 tonelada. Era carnívoro convicto e fazia a festa devorando tenros herbívoros, como antas e preguiças. Mas, com a chegada dos grandes felinos à América do Sul, ele caiu na zona de rebaixamento — encolheu de tamanho e tornou-se também herbívoro.

E, outro dia, cientistas da USP encontraram em Minas Gerais ovos e crânios de um bicho desconhecido — talvez um crocodilo gigante, mas quem sabe também uma nova espécie ou até um novo gênero. Em todo caso, um feroz predador, de até seis metros de comprimento, e tremendamente antissocial. Por sorte, viveu há 90 milhões de anos.

A descoberta desses bicharocos sempre me emociona. Mostra como mesmo os maiores titãs do passado acabaram se extinguindo, por uma mudança no clima ou por um valente que apareceu no pedaço. E também me admiro quando se determina que o espécime viveu há 700 mil ou 90 milhões de anos.

Eu também viajo ao passado, em busca de personagens como Nelson Rodrigues, Garrincha ou Carmen Miranda, mas ainda não fui tão longe. Os três, por sinal, eram gigantes em seu tempo e ainda o são, em nosso tempo. Já muitos de seus contemporâneos, por mais poderosos e importantes que se achassem, só nos deixaram alguns dentes, artelhos e caveiras que, um dia, com sorte, talvez sejam espanadas por algum arqueólogo.

O tatu ataca

À falta do Prêmio Nobel, o IgNobel. Dois cientistas brasileiros foram contemplados com o prêmio conferido anualmente pela revista americana *Annals of Improbable Research*,[1] que contempla "trabalhos científicos que primeiro fazem rir e, depois, pensar". O IgNobel é distribuído na mesma época que o Nobel, mas sem tanto alarde. Só lhe farão justiça quando um cientista ganhar os dois no mesmo ano.

Mas, enfim, Astolfo Mello Araújo e José Carlos Marcelino, da USP, levaram o IgNobel de Biologia por sua tese sobre como "o curso da história ou, pelo menos, o conteúdo das escavações em um sítio arqueológico pode ser remexido pelas ações de um tatu vivo". Não ria. O assunto é mais sério do que parece.

Um tatu pode fazer misérias debaixo da terra, como deslocar um caco de vaso etrusco

---
[1] Anais de Pesquisa Improvável, literalmente.

enterrado há 3.000 anos, a doze metros de profundidade, e colocá-lo ao lado de um urinol florentino do século XV e de um LP de Rita Pavone de 1964 — e trazer tudo isso à flor da terra ao mesmo tempo, enlouquecendo os arqueólogos. Tatus, como se sabe, são bichos sem muito rigor histórico e, para eles, tanto faz que as camadas da terra virem uma farofa sem pé nem cabeça.

Astolfo e José Carlos chegaram à sua conclusão simulando um sítio arqueológico no zoo de São Paulo, usando tatus ali residentes. De repente, nem eles se entendiam. Por mais absurdo, um par de suspensórios de Menotti Del Picchia, de 1919, coabitava no mesmo buraco com um pé de chuteira do palmeirense Waldemar Carabina, de 1957, e com uma calcinha da Hebe Camargo, de 2004, como se fosse tudo de uma época só.

É também a sensação que tenho ao ler festejados livros de memórias, publicados entre nós recentemente. Um tatu passou por aquelas páginas e misturou anos, décadas, até séculos.

Notícias que eu não tinha onde pôr

O hábito de ler jornais me levou, desde sempre, a outra mania: a de recortar certas notícias que me pareciam importantíssimas, com vistas a, um dia, fazer algo com elas — uma citação, um artigo, quem sabe um ensaio. O fato é que os recortes se acumulam e, de anos em anos, em meio a uma limpeza geral, descubro que não fiz nada. Eis alguns que emergiram na última faxina.

Em 2006, num lago da Alemanha, um cisne negro se apaixonou por um pedalinho de plástico em forma de cisne. Ficava dando voltas ao redor do brinquedo e emitindo sons musicais. Quem tentava tomar o pedalinho para passear era atacado pelo cisne. Os biólogos estavam preocupados por aquela ser uma relação estéril.

No mesmo ano, um zoológico em Bangcoc resolveu ministrar aulas de sexo para seu casal de pandas, exibindo vídeos de pandas copulando. A ideia era induzi-los a deixar de ser tão borocoxôs e aprender a mecânica da coisa. Já na Carolina do Norte, cientistas criaram em laboratório um pênis inteiramente biológico para coelhos com disfunção erétil. E, em Johannesburgo, observadores convenceram-se de que os golfinhos, apesar do cérebro avantajado e da fama de inteligentes, são mais estúpidos do que um peixinho de aquário.

Uma equipe internacional de pesquisadores descobriu que o ouriço-do-mar compartilha mais de 7 mil genes com o ser humano. Os ouriços-do-mar vibraram com a notícia, a qual deixa mal os seres humanos. Falando em ouriço, na Sérvia um homem precisou de uma cirurgia de emergência depois de fazer sexo com um porco-espinho. O porco-espinho saiu ileso. E, na Bahia, um deputado descreveu em plenário seu desconforto por ter sido submetido, horas antes, a um exame de próstata — disse que ainda estava "vendo estrelas".

Pensando bem, não eram notícias tão importantes assim.

Cavalo na cozinha

Foi por essa época do ano, em 1967. Meu primeiro chefe de reportagem, Marinus Castro (sem parentesco), saía do *Correio da Manhã* à noitinha e, no caminho para casa, no Leme, sempre fazia uma escala técnica no botequim. Mas, aquela noite, fugiu à rotina. Subiu direto para seu apartamento — um 7º andar, de fundos —, entrou e foi à cozinha. Lá chegando, encontrou um cavalo.

Não, você não leu errado. O cavalo estava no 7º andar. Mas cavalos não sobem ao 7º andar. Marinus saiu, fechou a porta, desceu de novo à rua e foi ao botequim. Retemperou-se com alguns conhaques e voltou ao apartamento. Desta vez, encontrou o cavalo na sala. Aí, não hesitou. Desceu e avisou ao porteiro: havia um cavalo no seu apartamento. O porteiro, que bem o conhecia, não acreditou. Em vez de chamar os bombeiros, subiu com ele para provar-lhe que não havia cavalo nenhum, era só uma alucinação. Quando entraram, o cavalo já estava no quarto.

Marinus era bom sujeito, gordinho, com um bigode estilo valete de espadas. Eu gostava dele, principalmente depois que, entre todos os repórteres do *Correio da Manhã*, mandou-me ao Galeão para entrevistar a estrela Kim Novak, de visita ao Rio. Tomava as suas, mas, no caso do cavalo, era inocente. O cavalo era cidadão do morro Chapéu Mangueira. Deslizara pela encosta e caíra na área de serviço de Marinus. O prédio chegara muito perto do morro.

Outro dia, uma cobra de três metros irrompeu num apartamento na Lagoa. Há duas semanas, uma vaca adentrou um hotel em Florianópolis (SC). No ano passado, uma onça refugiou-se numa garagem em São Tomás de Aquino (MG). E, ontem, um jovem morreu afogado depois de levar uma descarga de 600 volts de um peixe elétrico num balneário em Moju, no Pará. Essas coisas vivem acontecendo.

Não são os animais que nos invadem. Nós é que os estamos expulsando de seu mundo.

Quero-quero no gramado

Num fim de semana, morreu mais um quero-quero nos gramados do Brasil. Quero-quero é aquele passarinho que frequenta os nossos campos de futebol e pode ser visto durante as partidas, perdido entre os jogadores e se arriscando a levar uma bolada. Às vezes, leva mesmo e morre, como aconteceu há alguns domingos, num jogo em Curitiba.

O quero-quero gosta de viver perigosamente. Imagine um bicho com, no máximo, 35 cm de altura e pesando 300 gramas, em meio a certos zagueiros e volantes como os que abrilhantam hoje os nossos clubes. Alguns desses jogadores têm tão pouca intimidade com a bola que não será surpresa se um deles a confundir com um quero-quero.

Estou escrevendo quero-quero, mas não existe o quero-quero individual. Estão sempre em bando, geralmente de meia dúzia, e não se sabe muito bem o que eles veem nos campos de futebol. O gramado, pelo menos, não parece um lugar seguro para a fêmea botar seus ovos — não enquanto certos centroavantes estiverem exercendo a profissão.

Até há pouco, eu só via os bandos de quero-queros nos campinhos do interior nos jogos do Campeonato Paulista. Agora passei a ver quero-queros em toda parte, até mesmo no último estádio em que esperava encontrá-los: o Maracanã. E, como em todos os estádios, os quero-queros do Maracanã têm predileção por aquela área do gramado perto da bandeirinha do *córner*.

Estou vendo a hora em que um zagueiro dará um carrinho num quero-quero junto à linha de fundo. Ou, ao bater um escanteio, o atacante mandará o quero-quero para dentro da área pensando que é a bola. Ou, num lançamento pelo alto para a zona do agrião, um goleiro mais afoito defenderá de soco, mandando o quero-quero para longe enquanto a bola penetra placidamente em seu gol.

Gatos

Outro dia, sem medir as consequências da notícia, os jornais se atiraram com unhas e dentes à história do gato Billy, que recebeu R$ 20 por mês do Bolsa Família, em Mato Grosso do Sul, durante cinco meses. Resultou que Billy teve seu bom nome manchado pela história, porque houve quem o imaginasse cúmplice do malandro que se dizia seu dono, o qual embolsou os R$ 100 e nem usou parte do dinheiro para lhe comprar um grão de ração.

Não que Billy topasse se locupletar. Os gatos são caçadores, não precisam do Bolsa Família. São também altivos e independentes, dispensam esmolas suspeitas. Um gato nascido e criado em apartamento, se solto de repente na rua, encontrará o que matar para comer, nos parques ou nos quintais. Jamais irá mendigar comida na porta dos fundos dos restaurantes.

E precisamos parar com essa história de chamar de "gato" as ligações clandestinas. O nome certo e completo é "gatilho", sabia? "Gato" é uma abreviação e corruptela que leva a confusões perigosas, e nenhuma pode ser pior do que uma que foi feita há anos — um infeliz comercial de TV mostrando uma caçada a gatos de morro por linchadores equipados com cães.

Não também que os gatos estejam aflitos com isso. Eles são valentes, sabem se defender e, em situações de risco, recuperam num instante a cultura de seus ancestrais selvagens. Aliás, o gato não deixou de ser selvagem. Aconteceu apenas que, por estar há 4.000 anos vivendo em cidades, ele desenvolveu uma nova e deliciosa identidade doméstica.

Alguém me perguntou — já que acho o gato tão esperto — por que ele não consegue descer da árvore e tem de chamar o bombeiro. "Mas espere aí", argumentei. "Não é o gato que chama o bombeiro. É o dono dele, que fica afobado à toa e não vê que o gato só não desceu da árvore porque ainda não achou que fosse hora."

Quem são os animais?

Meu gato Fu Manchu, seis anos, baixou ao hospital outro dia. O que parecia uma infecção urinária revelou-se uma obstrução na uretra, provocada por cálculos na bexiga — cinco cristais intrometidos, que se alojaram ali para provocar agonia e dor. De repente, foi preciso operar. Durante alguns dias, fiquei privado de uma companhia que sempre me confortou, amorosa e alerta.

Tanto em casa como na clínica felina onde o internamos, em Botafogo, pude sentir a entrega dos profissionais que o cuidaram. Já passei por muitos gatos e veterinários, e sempre achei que a relação entre eles era especial. Como, por deficiência humana, não somos capazes de dialogar com os gatos e perguntar sobre seus sintomas, o veterinário precisa de mais que ciência e sensibilidade para chegar ao problema e à solução.

Precisa, por exemplo, de humildade, para estar ali a tratar de um ser que, pelos padrões estabelecidos pelo homem, não pertence à escala superior deste mesmo homem. No entanto, o que se coloca em suas mãos, na mesa de cirurgia, é uma vida tão preciosa como qualquer outra — e que é cara aos que cuidam ou se deixam cuidar por ela. Sempre que entreguei um gato a um veterinário, torci para que este fosse o melhor ser humano que eu poderia ter escolhido naquele momento.

Daí que o trote selvagem aplicado outro dia pelos veteranos de uma escola de veterinária em Leme, SP, num calouro — chutes, chicotadas, intoxicação alcoólica e ser lambuzado com fezes e com animais em decomposição — levou-me a pensar melhor nas relações entre humanos e animais. Fez-me perguntar: "Quem são os animais?".

Gostaria de saber os nomes daqueles futuros veterinários — para, nem por acaso, um dia, deixar um de meus gatos ao alcance de sua ferocidade.

Nem todos patos

Deu no jornal. O cartógrafo alemão Jürgen Wollina dedicou 12 anos de vida a estudar a obra do ilustrador americano Carl Barks para mapear o território de seus personagens — a cidade de Patópolis, habitada pelo pato Donald, seu tio Patinhas, a vovó Donalda, o primo Gastão e seus sobrinhos Huguinho, Zezinho e Luizinho. Sim, faltava na geografia universal um mapa de Patópolis. E estou falando sério.

Depois de analisar as cerca de 500 histórias estrelando Donald, criadas por Barks para revistas de Walt Disney entre 1942 e 1968, Wollina descobriu que o pato mudou de endereço 33 vezes nesse período e que a fabulosa caixa-forte, de tio Patinhas não era uma, mas 20, espalhadas por Patópolis. Significa que Patinhas era muito mais rico do que pensávamos e Donald, muito mais neurótico.

Conhecendo a cidade melhor que o próprio Barks, Wollina concluiu que Patópolis devia ter uns 600 km², algo assim como Teresópolis (RJ). Era um lugar próspero e, exceto pelas peripécias de Donald e Patinhas, sem grandes comoções sociais para sua população de 100 mil a 200 mil habitantes, nem todos patos.

Você se perguntará o que leva um homem a investir 12 anos de vida real em investigar personagens fictícios. Bem, os romancistas não fazem outra coisa. E muitos fazem ou fizeram isso tão bem que nos transportam para seu universo de faz de conta. Nos últimos 200 anos, o mundo não teria sido grande coisa sem os romances de, digamos, Jane Austen, Alexandre Dumas ou Machado de Assis. O ser humano precisa fantasiar — e acreditar na fantasia.

Talvez, um dia, Wollina resolva mapear Brasília. Quando isso acontecer, saberemos por que, depois dos lindos planos que se fizeram para a sua criação, em 1960, ela se tornou uma ilha da fantasia para governantes, dezenas de ministros, centenas de políticos e milhares de parasitas, e se, um dia, se tornará uma cidade em que se poderá chamar de povo seus 2.500 mil habitantes, nem todos patos.

Bonito, gostoso e prático

Um dos temas mais momentosos da última Bienal do Livro, aqui no Rio, foi se o livro impresso, de papel, corre o risco de desaparecer, fulminado pelas novas tecnologias. Eu próprio, zanzando entre os stands outro dia, fui perguntado várias vezes sobre isso.

Curiosamente, quem olhasse ao redor diria que a pergunta não fazia sentido e que a indústria do livro nunca esteve tão robusta neste país. Era um domingo de escandaloso azul, com as praias, os passeios e todas as formas de lazer grátis no Rio convidando o povo a estar em qualquer lugar — menos ali, num conjunto de pavilhões em Jacarepaguá, a mais de uma hora de Ipanema, e tendo de comprar ingresso para entrar.

Pois essa pergunta estava sendo feita em meio a montanhas de livros expostos e 125 mil pessoas, número de visitantes que, segundo a Bienal, compareceu naquele fim de semana.

Gente que não pagou para ver malabaristas, engolidores de fogo nem artistas globais, mas romancistas, biógrafos, poetas ou autores de livros para crianças.

Respondi que, como formato, o livro é difícil de ser superado — porque já nasceu perfeito, e não é de hoje. Ele é bonito, gostoso e prático. É também portátil: pode ser levado na mão, na mochila ou na bolsa, e lido no sofá, na cama, no banheiro, na mesa do jantar, no bonde, no ônibus, no jardim, na praia, na banheira, onde você quiser. É também barato: quem não tiver dinheiro para comprar livros novos, encontrará farta escolha nos sebos e até na calçada da rua.

Um livro pode nos alimentar por uma semana, um mês ou pelo resto da vida. E, ao contrário das outras mídias, não precisa de um aparelho para tocar. Basta ser aberto para poder ser lido. Na verdade, o livro só precisa de nós.

Neste momento, mais do que nunca.

A língua frouxa

O poeta Ezra Pound dizia que era preciso manter a língua eficiente. Usar palavras corrompidas, fora de contexto, e substituir umas pelas outras de forma arbitrária, tudo isso empobrece a língua e a torna imprecisa e ineficiente. A consequência são pensamentos frouxos, e a vida vai para o beleléu.

Ao agradecer, por exemplo, ninguém mais diz "Obrigado". O gato comeu o primeiro "o". Milhões agora gorgolejam um excruciante "Brigado". Não que isso seja novidade — apenas tornou-se uma regra não escrita. Naturalmente, o mesmo empobrecimento que produz o "brigado" impede que, se for uma mulher, ela diga "Obrigada".

Da mesma forma, quando alguém hoje nos lisonjeia com um "Obrigado" (ou seu correspondente "Obrigada"), abandonamos a resposta clássica, sóbria e elegante, "De nada" ou "Por nada". Em vez disso, cacarejamos "Imagina!" — como se ficássemos sinceramente ofendidos por alguém estar nos agradecendo. Há casos em que, não contente, a pessoa ejacula: "Magina!". Pois proponho o seguinte: se alguém nos diz "Brigado!", fica liberado o uso de "Magina!" — uma elocução merece a outra.

E o que dizer do "Com certeza!"? Há anos, ninguém mais diz "Claro!", "Sem dúvida!", "Evidente!" ou "Certo!", além do melhor e tão mais simples "Sim!". Só "Com certeza!". Jogadores de futebol, nas torturantes entrevistas que concedem ao fim da partida, são os grandes abonadores do "Com certeza!". Quase sempre, sem saber o que significa.

O locutor pergunta: "Fulaninho, vocês perderam por 10 a 0. Como será o próximo jogo?". O craque responde: "Com certeza. Agora é levantar a cabeça e trabalhar duro para vencer o próximo jogo e conquistar nossos objetivos". O locutor só pode agradecer: "Brigado!".

E o craque, retrucar: "Magina!".

Fala sério

No tempo em que eu fingia que levava as coisas a sério, achava que a humanidade se dividia em duas espécies de pessoas: as que dividem a humanidade em duas espécies de pessoas e as que não dividem. Entre as que dividem a humanidade em duas espécies de pessoas, convenci-me de que a humanidade se divide em duas espécies de pessoas: as que fingem que se levam a sério e as que fingem que não se levam a sério.

Entre as pessoas que fingem que se levam a sério, a humanidade se divide em duas espécies de pessoas: as que apenas fingem que se levam a sério e as que sinceramente acreditam que se levam a sério. Entre as que apenas fingem que se levam a sério, a humanidade também se divide em duas espécies de pessoas: as que fingem muito bem que se levam a sério e as que fingem muito mal. Entre as que fingem muito bem que se levam a sério, a humanidade igualmente se divide em duas espécies de pessoas: as que nos convencem de que fingem que se levam a sério e as que não nos convencem.

Entre as pessoas que sinceramente acreditam que se levam a sério, a humanidade também se divide em duas espécies de pessoas: as que sinceramente acreditam que se levam a sério e as que apenas fingem que acreditam que se levam a sério. Entre as pessoas que sinceramente acreditam que se levam a sério, a humanidade, idem, se divide em duas espécies de pessoas: as que nos convencem de que acreditam que se levam a sério e as que não nos convencem.

Esse emaranhado verbal, que exige um dia inteiro para ser decifrado, se aplica às discussões no Congresso a respeito dos políticos. Quase todos se enquadram numa das categorias acima. Eles parecem decididamente empenhados em tirar o país do sério. Como se já não tivessem conseguido.

Biografáveis

Nos últimos anos, fui sondado por pessoas que admiro e que gostariam que eu lhes escrevesse a biografia: um ator, cinco ou seis atrizes, vários músicos, apresentadores de televisão, um corredor de Fórmula 1, um estilista, um banqueiro, um empresário e uma família inteira. Fui sondado também por pessoas que não admiro, como um famoso político. Agradeci e recusei todo mundo.

Primeiro, porque se tratavam de encomendas. Deve ser difícil para o biógrafo trabalhar com o biografado espiando por cima do seu ombro. E, mesmo que não fosse, todas essas celebridades, que merecem boas biografias, têm o defeito de estar vivas.

Uma pessoa que seja tão importante para merecer em vida uma biografia será também poderosa o bastante para atrapalhar o trabalho do biógrafo. Ao ser inevitavelmente usada como fonte (caso "autorize" ou apenas aceite a biografia), ela se dedicará a mentir sobre si mesma para o biógrafo. E, pior, tratará de induzir amigos a também mentir ou, no mínimo, omitir fatos.

Para mim, o único biografado possível precisa estar morto. E não pode ser um morto recente — porque a morte transforma qualquer um em santo. Leva tempo para que os defeitos do sujeito apareçam e se assentem sobre o cadáver e, para isso, ele precisará estar mais que geladinho. Eu diria que 10 anos de morte são o mínimo para que uma pessoa se torne um biografável confiável.

O fato de o biografado estar morto não livra o biógrafo de problemas. Há sempre uma quadrilha de filhos, netos, irmãos, sobrinhos e até genros do biografado, prontos a se ofender com alguma coisa que você descubra e a mandar advogados para morder-lhe a canela.

Donde vivo dizendo que, para que o biógrafo possa trabalhar em paz, o biografado ideal é aquele que, em vida, foi órfão, filho único, solteirão, estéril e, com perdão da palavra, brocha.

Bulas do terror

O fim de 2009 chegou e, com ele, o prazo dado pela Agência Nacional de Vigilância Sanitária (Anvisa) para que todo medicamento vendido no Brasil passe a vir com duas bulas. Uma, dentro da caixa, em linguagem acessível ao leigo e em corpo e espaço adequados aos pacientes — os quais, apesar do nome, não têm paciência para ler a dita por causa da vista cansada. A outra, eletrônica, no site da Anvisa, na linguagem mais técnica possível, apenas para os médicos, e esses que se virem.

Pelo visto, a medida ainda não entrou em vigor. Outro dia, ao sair do banho num hotel em cidade estranha, dei uma topada com a canela na borda de azulejo do box. A perna inchou, ficou vermelha e, pelos dias seguintes, como o dodói não passasse, resolvi tomar providências. Bem à brasileira, uma amiga me examinou por telefone e receitou uma pomada. Fui à farmácia, comprei-a e apliquei. E só então li a bula.

"Este medicamento (fator de difusão enzimática)", dizia o texto, "é composto de mucopolissacaridases com atividades condroitinásica e hialuronidásica, despolimerizando os mucopolissacarídeos (ácidos condroitino-sulfúrico e hialurônico) da substância fundamental do tecido conjuntivo, especialmente subcutâneo. A despolimerização da substância fundamental das trabéculas conjuntivas do tecido subcutâneo facilita as trocas metabólicas locais".

A transcrição é literal. Pois li e entrei em pânico — imagine se os mucopolissacarídeos, ao despolimerizar as trabéculas conjuntivas, provocassem uma reação das atividades condroitinásica e hialuronidásica? O que seria de mim?

Por sorte, nada disso aconteceu — ou, quem sabe, aconteceu e não percebi —, e o remédio logo começou a fazer efeito. Ótimo. Mas é aconselhável manter não só os remédios, mas também as bulas fora do alcance das crianças.

Nheco-nheco em ayapaneco

Leio em *O Globo* que, no México, a língua de uma aldeia está condenada a desaparecer por falta de fluentes — só restam dois homens capazes de falá-la. Mas, embora sejam vizinhos, eles não se dão e não têm nada a dizer um ao outro. Além disso, já estão com certa idade — 75 e 69 anos — e não transmitiram a língua a seus descendentes. Bastará que um dos dois morra para que ela seja declarada oficialmente extinta.

O desaparecimento de uma língua não é um fenômeno incomum. Acontece o tempo todo e em toda parte — em arquipélagos, grotões, montanhas, na selva e até nos guetos das megalópoles. Os motivos são vários: migrações, urbanização, a televisão, a ditadura da língua dominante e até mesmo a proibição de usar a língua nativa. Em qualquer caso, sempre que uma língua emudece, a humanidade fica mais pobre.

A língua em questão é o ayapaneco, da vila de Ayapa, no sul do México. Nos últimos 500 anos, o ayapaneco sobreviveu ao conquistador Hernán Cortez, aos massacres étnicos, às incontáveis revoluções, ao peso esmagador dos Estados Unidos no cangote dos mexicanos e até à supremacia por decreto do espanhol (de uso obrigatório). Mas não sobreviverá ao desinteresse de seus jovens em continuar falando-o.

Quando uma língua deixa de existir, tudo que ela designava vai para o limbo — objetos, costumes, gírias, cheiros, sensações. Junto com o código, o entorno inteiro se evapora. E é possível que, na cultura particular de Ayapa, haja coisas que só fazem sentido em ayapaneco.

Uma receita exclusiva de panqueca, por exemplo, talvez nunca mais seja executada. Ou um jeito de cantar para ninar, de pedir uma informação, de reagir a uma martelada no dedo. E quem saberá reproduzir o que um homem e uma mulher ayapanequenses sussurravam um para o outro ao fazer nheco-nheco e que só podia ser dito em ayapaneco?

Autor e obra

Muitas peripécias e muitos livros

Um dia me perguntaram o que era preciso para o sujeito ser um bom biógrafo. Respondi que, para isso, ele deveria também ser uma pessoa biografável — ou seja, ter sido alguém que passou por muitas experiências humanas, e não ficou a vida inteira trancado numa sala e enfiado atrás de um livro.

No meu caso, vivi profundamente a rua, no sentido mais amplo da expressão: namorei pra burro, bebi todas (parei em 1988), levei borrachada da polícia nas passeatas de 1968, fui preso, enfrentei maridos ciumentos (um deles me obrigou a entrar no carro e ameaçou me matar), pulei muro de estádio (aos 36 anos!) para ver o Flamengo jogar, tive mais de 10 empregos, conheci todos os grandes jornalistas ou escritores brasileiros de 1950 para cá, morei na Europa, assisti a duas revoluções, amei e fui amado, traí e fui traído, sofri e fiz sofrer, tive algumas doenças graves e, antes que isto vire letra de tango, só resta dizer que estou no terceiro e último casamento, tenho duas filhas, quatro netos, dois gatos, publiquei uma quantidade de livros e já ganhei quase todos os prêmios literários. Mas as coisas de que realmente me orgulho são ter sido reconhecido pelo rei Momo num Carnaval no Rio e ver meu nome citado num coquetel de palavras cruzadas. Se alguém quiser escrever minha biografia, será problema dele. Mas só por cima do meu cadáver.

Sendo de 1948, um ano bissexto, e nascido em 26 de fevereiro, por pouco não me tornei uma daquelas pessoas que só fazem aniversário de quatro em quatro anos. Meu signo, como se vê, é Peixes. Mas, como sou cético quanto a essas coisas de zodíacos e horóscopos, vou logo avisando:

"Sou Peixes, mas com Lua em Ostra, Sol em Lagosta e Ascendente em Camarão".

Ruy Castro

Ruy Castro é escritor e jornalista. Já escreveu para todos os tipos de veículos, menos (segundo ele próprio) bula de remédio. Mas sua especialidade são as biografias (Nelson Rodrigues, Garrincha, Carmen Miranda) e os livros de reconstituição histórica, como *Chega de saudade*, sobre a Bossa Nova, e *Carnaval no fogo*, sobre o Rio.